Brillantes nuevos amigos

¡Lee el próximo libro de Unicornio y Yeti!

UNICORNIO y YETI

Brillantes nuevos amigos

escrito por
Heather Ayris Burnell

arte de
Hazel Quintanilla

ACORN™
SCHOLASTIC INC.

Para Ellamae, quien ha sido siempre una amiga increíble — HAB

Para mi hermano y mi hermana, mi Yeti y mi Unicornio de la vida real — HQ

Originally published in English in 2019 as *Sparkly New Friends*

Translated by Abel Berriz

Text copyright © 2019 by Heather Ayris Burnell
Illustrations copyright © 2019 by Hazel Quintanilla
Translation copyright © 2019 by Scholastic Inc.

ISBN 978-1-338-35913-8

10 9 8 7 6 5 4 3 2 1   19 20 21 22 23

Printed in China   62

First Spanish edition 2019

Book design by Sarah Dvojack

Contenido

Algo brillante

Unicornio vio algo brillante.

¡Vaya!

Yeti vio algo brillante.

Yo te vi.
Tú eres lo que brillaba.

Soy muy brillante.

7

¡Tú vives en el lugar más brillante que he visto!

No hay nada brillante donde vivo. Aquí todo es blanco.

¡Pero hay **montones** de cosas brillantes!

13

¡Estoy **tratando** de mostrarte el brillo!

No hay nada que brille aquí, excepto tú.

Está bien.

No.
No me
voy a ir.

¡**Nos**
vamos
a ir!

Vamos.
Te mostraré las
cosas que brillan.

Unicornio y Yeti volaron...

arriba...

y abajo.

Pero sobre todo arriba.

El sol brilla mucho aquí arriba.

¡Mira hacia abajo!

Un amigo increíble

Eres un amigo increíble.
Me caerías bien aunque no
pudieras hacer magia.

Lo sé. No sabías que podía hacer
magia hasta que te mostré,
y ya éramos amigos.

Los amigos no necesitan
magia para caerse bien.

¡No, no la
necesitan!

35

Un sombrero me haría ver elegante.

Así es. ¡Te haré un sombrero **súper elegante!**

Pelea con bolas de nieve

¡Plaf!

¿Me **lanzaste** eso a mí?
Pensé que éramos amigos.

Solo era una bola de nieve.

Lanzarles cosas a los amigos
no está bien.

Pero lanzar bolas
de nieve es divertido.

41

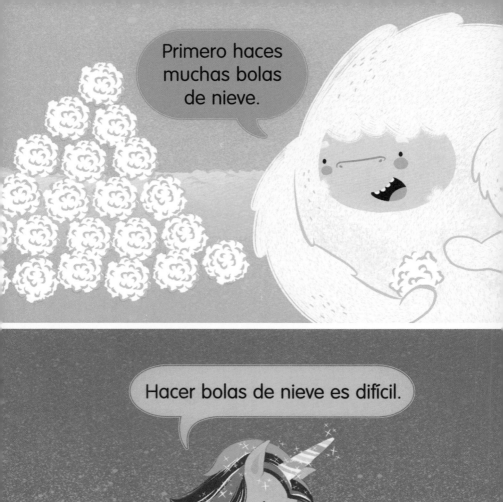

Luego construyes un fuerte para protegerte.

Construir un fuerte es difícil.

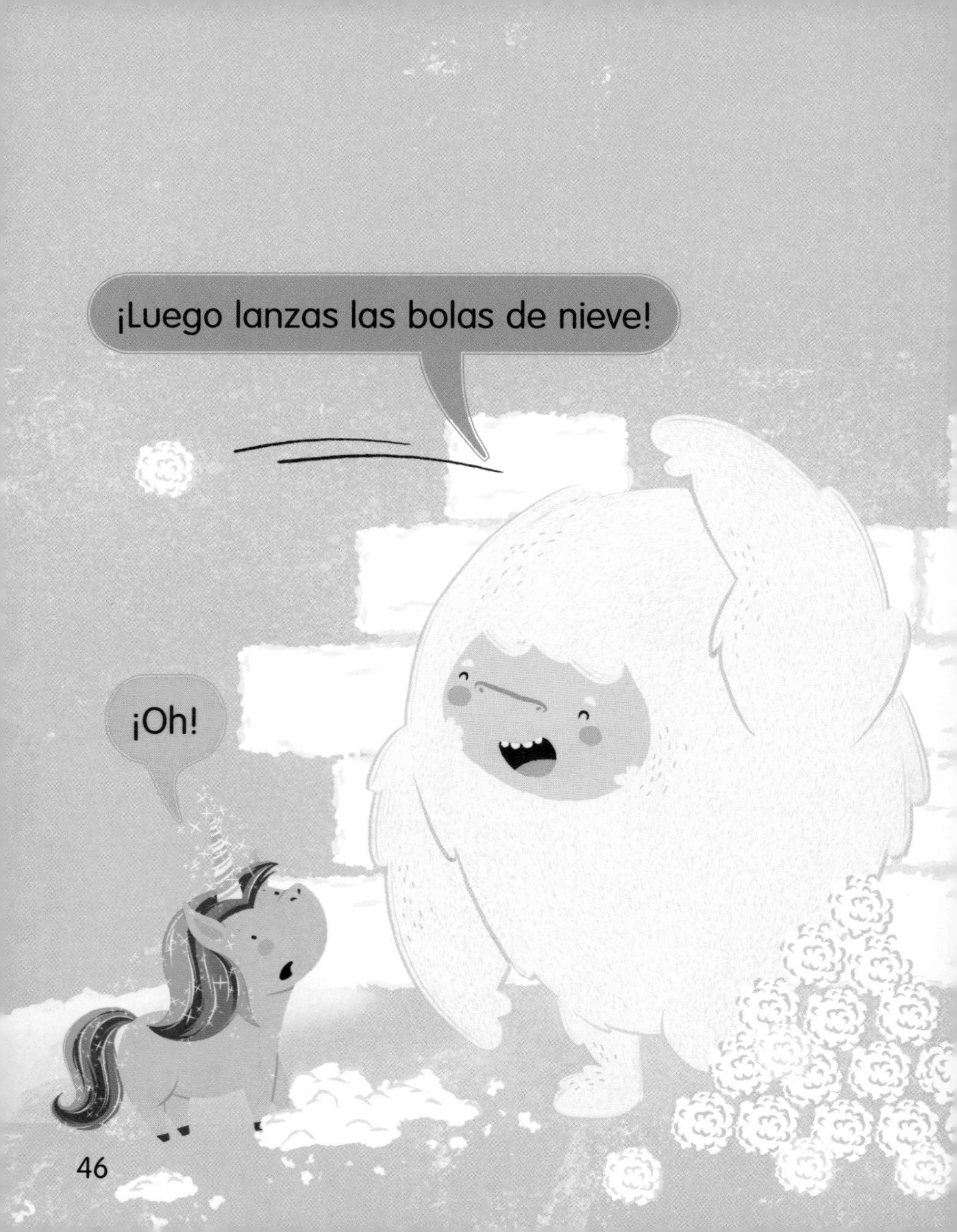
¡Luego lanzas las bolas de nieve!
¡Oh!

Quizás lanzar bolas de nieve no sea tan fácil cuando se tienen cascos en lugar de manos.

No es fácil.

Aun así creo que puedes lograrlo. ¿Quieres volver a intentarlo?

49

Está bien.
Lo intentaré.

Hacer bolas de
nieve es **tan** difícil.

¡Pufff!

¡Ya sé!

¡Lo haré a mi
manera!

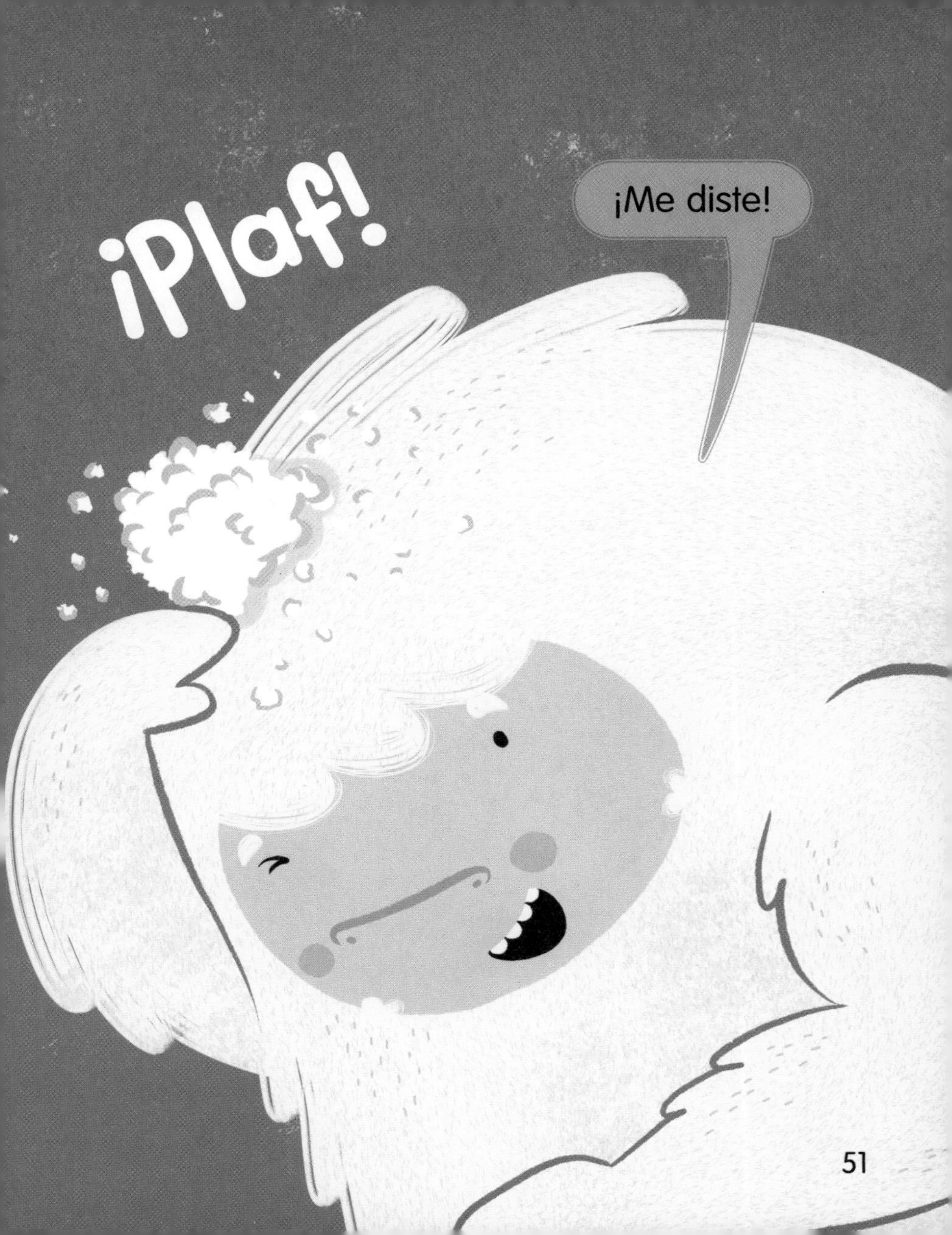
¡Plaf!
¡Me diste!

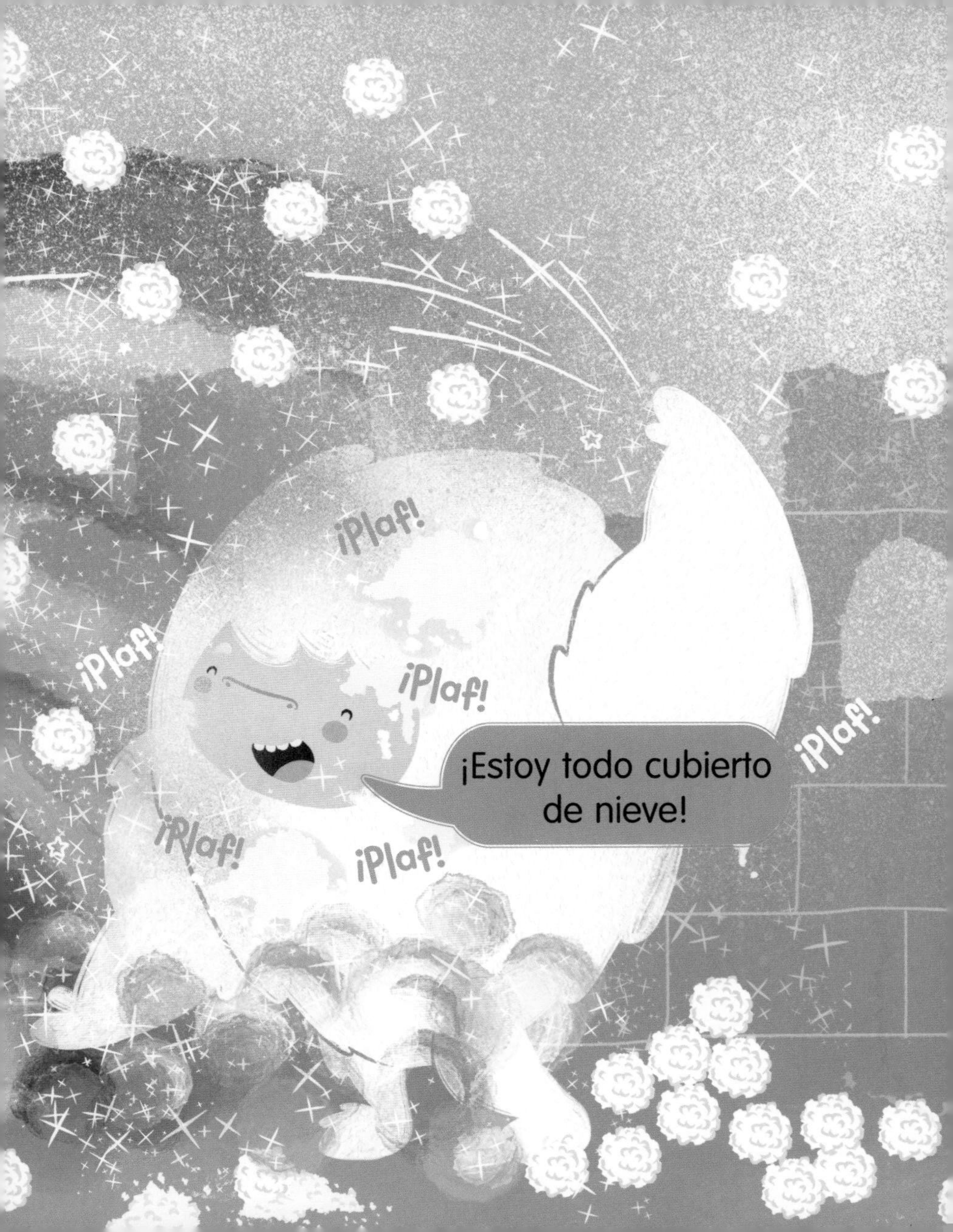
¡Plaf!
¡Plaf!
¡Plaf!
¡Estoy todo cubierto
de nieve!
¡Plaf!
¡Plaf!
¡Plaf!

Eres bueno en las peleas con bolas de nieve.

No sabía que podía ser bueno en las peleas con bolas de nieve.

¡Tampoco sabía que los amigos podían pelear y seguir siendo amigos!

Por supuesto que pueden.

Supiste exactamente lo que necesitaba.

Los amigos saben esas cosas.

¡Sí! Las saben.

Sobre las creadoras

Heather Ayris Burnell vive en el estado de Washington, donde le gusta pasar tiempo en la nieve brillante. ¡A veces tiene peleas con bolas de nieve con sus amigos! Heather es bibliotecaria y la autora de *Kick! Jump! Chop! The Adventures of the Ninjabread Man.* Unicornio y Yeti es su primera serie para lectores principiantes.

Hazel Quintanilla vive en Guatemala. Hazel siempre supo que quería ser artista. Cuando era niña, llevaba un lápiz y un cuaderno a todas partes. ¡Hazel ilustra libros infantiles, revistas y juegos! Y tiene un secreto: Unicornio y Yeti le recuerdan a su hermana y a su hermano. Sus hermanos hacen tonterías y son simpáticos y extravagantes... ¡igual que Unicornio y Yeti!

¡TÚ PUEDES DIBUJAR UN UNICORNIO!

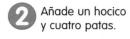

1 Dibuja un círculo. Haz un semicírculo justo debajo. Luego dibuja un círculo más pequeño encima del semicírculo.

2 Añade un hocico y cuatro patas.

3 Añade una oreja. Dibuja la cara.

4 Añade la otra oreja, la crin, la cola y el cuerno.

5 Dibuja los detalles finales. ¡Añade líneas al cuerno mágico!

6 ¡Colorea tu dibujo!

¡CUENTA TU PROPIO CUENTO!

Yeti quiere ser elegante, así que Unicornio le hace un sombrero elegante.
¿Qué cosa elegante harías **tú** para Yeti?
¿Qué haría Yeti cuando la use?
¡Escribe y dibuja el cuento!

scholastic.com/acorn